無数の銀河

Countless galaxies

秦　理絵

イザラ書房

私の短歌の導き手である歌人・北久保まりこさんに深い感謝を捧げます。

ところどころに挿入されている英文の短歌の翻訳をして下さったのは楠部知佐子さんです。北久保さんのお勧めで試みたものですが、面白い作業になりました。どうもありがとうございます。

装幀の佐々木雅之さんとは、オイリュトミーと土笛との共演を通して知り合いました。佐々木さんは「宇々地」の名を持つ土笛奏者でもあります。

今回も幸せな「共演」をありがとうございました。

そして、本書の刊行にご尽力くださった、イザラ書房の澁澤カタリナ浩子さんに心から御礼申し上げます。

多くの出会いと友情に感謝して。

二〇〇七年　秋分

秦 理絵

【無数の銀河　目次】

育つもの

朝七時三十分に中央線藤野駅を出発するバスは、山の道を走ること十五分ほどでシュタイナー学園前に着く。誕生してから十八年目に学校法人として認可されたシュタイナー学園の開校を機に、路線バスが走ることになった。

学園をぐるりと囲む山の谷合から霧が立ち昇り、遠くに望む峰の頂上をこんもりした雲が覆っている。

濃い緑の木々の茂みに風が吹き渡ると、山の起伏は生き物のようにむくむくと動く。晴れ渡った朝には、あたり一面が澄んだ光に包まれて輝いており、雨模様の空の下、濡れそぼった山々の光景は墨絵を彷彿とさせる。

今日も、学園の新しい一日が始まろうとしている。

二〇〇四年十一月に認可され、二〇〇五年四月に開校した「シュタイナー学園」には前身がある。一九八七年以来、東京で教育の実践を重ねてきた「東京シュタイナーシューレ」がそれだ。新宿区高田馬場の一室で一年生八人一クラスが生まれた時、それは日本で初めてのシュタイナー学校の芽生えであったのと同時に、アジアでのシュタイナー学校の始まりでもあった。

アスファルトの隙間から顔を出した小さな学校の芽は、初めて生まれたものがすべてそうであるように、行きつ戻りつしながら、少しでも陽のさす方へと伸びていった。平坦とはほど遠い道のりながら、振り返ってみるとほぼ七年毎に、いくつかの節目があったことに気づく。あたかも、ほぼ七年周期で変容していく人間の成長を映しているように。

教育活動が何とか軌道に乗っていく第一の時期、社会への窓を少しずつ開いて紆余曲折を経ながらも、組織としての形を成していく第二の時期、

そして子どもの数が一年生から九年生までで百人を越え、教師と親とでつくる組織が動き出し、社会への広がりを培っていく第三の時期。

場所も、最初は新宿区、それから少し郊外の三鷹市、そして都心から一時間離れた自

然豊かな山里・藤野町へと移った。

……と、ずっとこの学園と歩みを共にしてきた者のような言い方だが、そのとおりではあるものの、私は学園の創設者ではなく、自分が中心になって学園を育てて来たのでもない。「オイリュトミー」という新しい運動芸術を学ぶためのドイツ留学を終え、日本ではたらき出そうという時点で、私はこの学校の誕生に立会ったのだった。

「オイリュトミー」とは、動きにより言葉と音楽を表現する新しい芸術で、舞台と教育・治療の三つの面を持つ。当時は日本での活動が始まったばかりの頃で、「オイリュトミスト」と呼ばれる日本人は、日本中に片手の指におさまるほどしかいなかった。その一人として東京シュタイナーシューレに出会った私は、ごく自然の流れで教師会の一員となった。

それは、子どもがいて教師がいて、でもお金も十分な場所も組織も経験もないという学校の原点からの出発だった。

東京シュタイナーシューレ以外の私の仕事は、順調に始まっていた。大人のためのオイリュトミー講習会の仕事は、東京とその周辺、京都、大阪、島根、徳島、広島などに及び、支える人たちの助けを得てみるみる増えていった。

ただ一つ、東京シュタイナーシューレの仕事だけが、順風満帆とは正反対だった。難しさにもうれしさにも、どちらにも「とても」がついた。

少しばかりオイリュトミーが出来るようになっても、私は子どもの本質について何も知らないことが、痛いほどわかった。まるで天使の園のように子どもと呼吸が通い合うこともあれば、子どもがどうしようもないざらざらした心の状態を出してくることもある。子どもの今を受け止め、壊す方向に作用している力を肯定的な方向に変える、そのためのはたらきかけの方法を自ら編み出さなくてはならない。教師たちの協働も、はじめからつくっていかねばならなかった。

シュタイナー教育を行なう、というのは、人の成長の法則から、私たちを健やかにするはたらきかけの方法を絶えず汲み上げることだ。一般的な法則をどのように個的に変化させるのか——ここに教育の芸術が生きる。年月をかけて、私はそれを少し学びとっていった。学ぶのに時間がかかったので、いつの間にかやめられなくなっていた。

何度ももうこれまでだ、やめようと思う。でも一晩寝て、人と話したり、何かを夢中で行なった後、気がつくと、折れたと感じた枝先から新しい芽が吹いていていた。

次第に私は運営にも携わり、対外的な代表も務めるようになった。やってみると、大変でもあり、楽しいこともある。何より、人との出会いが広がるのはうれしい。

心の営みは、自分の内へと深まるほど、人と社会とのかかわりの中でこそ、生きた光を放つもの。オイリュトミーだけをしていたら、おそらく私は、このことにこれほどの実感を抱けなかったかもしれない。

誕生から新しい私立学校として認可されるまでに十八年かかったが、学校法人化はやはり大きなことだ。まず、学籍の問題が解決された。小中学校段階九年間のシュタイナー教育のカリキュラムが、日本でも義務教育課程として認められ、子どもたちは名実共に学園の児童生徒になれる。また、助成金を得られることにより、学園を支える経済的な柱が以前よりも安定した。一方で、付随する作業もまた増えた。

けれども、シュタイナー学園の教育の内容に変わるところはない。物が満ち溢れ、子どもが育つことが一面、大変困難とも言える現代の日本の社会で、体と心の力が調和した教育を行っていくために、大人たちはこれからも物質的な壁、そして心に築かれる壁をいくつも乗り越えていかねばならないだろう。

よき力に支えられてこうしてあることに感謝し、その歩みが、次の十年、二十年……
へと続いていくことを望んで。

1 藤野へ

＊春の星

うす紙を剥ぐように空は変わりゆく彼方にまことのそらあるごとし

いにしえより多くの痛み注がれし土をやぶりてさみどりは萌ゆ

高尾なる境越ゆれば鄙のみち車両俄かに身震いをする

いくつものトンネル抜けて揺られゆく生きるにも似て折ふし暗く

降り立てばまろき山並み連なりて霧たち昇れる青き峰見ゆ

わかみどり土よりこぼれ雛めけるちさきわらべの並びて座る

すがすがと綿貫きの朝学び舎をつらぬく響き言祝ぎの詩

綿貫き：四月一日

明るさの淡くひろがる校庭にまろびころがる花びらの子ら

わかみどり土よりこぼれ雛めけるちさきわらべの並びて座る
On the flesh green
popping out from the ground.
two little children sitting side by side
like a pair of dolls
on Hina-matsuri.

めぐり来よ死して生まれよとささやけり　山のみどりに抱かれて聞く

咲く花の色を吸い込みまた吐きぬ入る息を染めわが身をも染め

粒ほどにわが身ちいさくなりたらばつめ草の白に染めぬかれなん

＊子どもの情景

とりどりの摘みし花手に子どもらがわれに持ち来る週明けし朝

「これあげる」摘みし花と実くれし児よわれは道の辺地蔵のようか

「おめでとう」と小さくささやき差し出しぬ　その頬も吐息も野のばらのいろ

走る風　綿毛を追いてちさき子は飛び去りゆきぬ笑みをのこして

梅雨冷えの朝　児の頬にふる涙しずくの重さ誰かはかれる

六歳《むつ》の児を母の腕より引き離しあゆむ教室《へや》への道のり遠し

母慕う児よ家よりも広き世で汝《なれ》を待ちたる先生がいる

泣きじゃくる児の身は固き胡桃の実　小さき礫の腕《かいな》にあたる

天の水にうるおえる土　子どもらは靴と傘とで地上絵を描く

＊七夕の朝

娘らの細き指にて集めたる朝露の墨みずくき淡く

水玉のきらめき沈む墨いろの闇の中より願い生まるる

道隔て姿をみては呼び交わす夕陽に染まる児らのわかれは

木立鳴く空鳴く地鳴くもろともに声を挙げたり夏の山脈《やまなみ》

ゆき会いて腕ひらききり抱き合える児らのスカートさやさや揺れて

「この服が小さくなったらわたしほしい」少女は知らずや我が背の伸びぬを

少年の春弾けゆく瞳には昼にも星の夜空が映る

「ああぼくの人生これでよかった」と七歳《ななつ》の児は告ぐ靴を替えつつ

*夏から秋へ

長かりし夏去らんとす学び舎に涼しき波寄す潮満つるごと

野分吹き太きしずくの降りかかる重さあるもの大地に落ちよ

あらし去りて世のものすみかに帰りたり天は天へと人は人へと

草むらにめざめて白く立ちいたる百合のつよさをわれは愛せり

＊休日

朝まだき原始の森に滲みたる眠りに浸り身は秋になる

円卓につける時を許されてゆとりある朝のかくもうれしき

丈高きコスモスのむれ風に揺れ薄紅いろのゆめの雲散る

＊無人の旧校舎にて

児の生気去りてしずもる古き屋は老女の笑みを木陰にたたう

靴音の途絶えし土のそここに苔ふいており班ら模様に

去年よりも色うすく見ゆ柿の葉のおもてわずかに皺の寄りたり

「生きたい」と空に思いを噴き上げる　曼珠紗華大地の救いのように

わが肩に触れなん距離までかお寄せてからかいはらむ十五歳《じゅうご》の笑みは

弦を弾く若き胸より湧きいずるヴァイオリン澄んでかろく空ゆく

楽器抱き揺れるからだを貫きてふるえる響きあおい木漏れ日

＊学園祭

太き鼓の響きとよもすこの庭に育ちいる者集い来たれる

ばち持てる痩せ肉の四肢　天空に音ひろがりて雨雲を呼ぶ

＊学園祭 at School Festival
ばち持てる痩せ肉の四肢天空に音ひろがりて雨雲を呼ぶ
Stretched out to the sky
their sound but still thin limbs,
swinging down drumsticks and
beating up rain clouds
with vibrant sounds.

羽化を待つほっそりとした繭のごと青年となれる頬は締まりて

＊星の銀貨

訪れを待つ季となりぬ樅の枝きらめくあかりに響きは宿る

アドヴェント：待降節

冬ごもりに遅れし草の精の足ちらりとみゆる霜凍る朝

あるだけの木の葉一挙に吹き上がる暗き空より呼ぶ声あるや

里山のぬしの定めし境あり日なたのくにと日かげのくにと

しののめの雪舞いおりし校庭にましろき星のかけらちらばる

土の上に氷の結晶さがす子ら夕には星の銀貨も降らん

子どもらを待たずに長き陽の指が薙ぎてゆきしや朝雪の布

＊星の銀貨 Silver Coins of Stars
土の上に氷の結晶さがす子ら夕には星の銀貨も降らん
The kids on the playground
look for fallen crystal ice.
For them
in the evening
silver coins of stars may fall.

霧溶けてしずくを受けし枝先に音《ね》の色響く虹のカリヨン

夜の空にシャボン玉とぶ弾けゆく泡おいかけて絶え間なく飛ぶ

木の間より走り出でたる小さき児はまろび走りぬしゃぼんの玉と

この夜に天より生まれ落ちる子よ明かりの灯る枝伝い来よ

まとうものなき冬枝に実は揺れてまろきいのちの火照りておりぬ

朱き実の中にさざめく声聞こゆ小さき精棲む風のかまくら

きさらぎの梢のつぼみ日を宿し尖りトガリテ上空をさす
山なみに囲まれて暮らす幸いよわれらの生も伏しては起きつ

＊ここより未来へ

土曜の夜教員室より出火し部屋の一部にて消し止められし後に

熱き煤を免れしもの拾いたり　春のはじめの蝶飛びゆきぬ

授業果ててこぼるるごとく出ずる児らここより未来へ走りてゆきぬ

送別会

きみたちの鳴らすギターとドラムの音飛沫はじけて場を貫けり

若き身の内に波頭の踊るらん遥かな海より潮の音《ね》寄する

種ごとに飛び立つときのあるらしき風ひかる野におきなぐさゆれる

＊ここより未来へ From Here to the Future
授業果ててこぼるるごとく出ずる児らここより未来へ走りてゆきぬ
Classes over,
students flood out from school,
running
from here
to their future.

うたの海

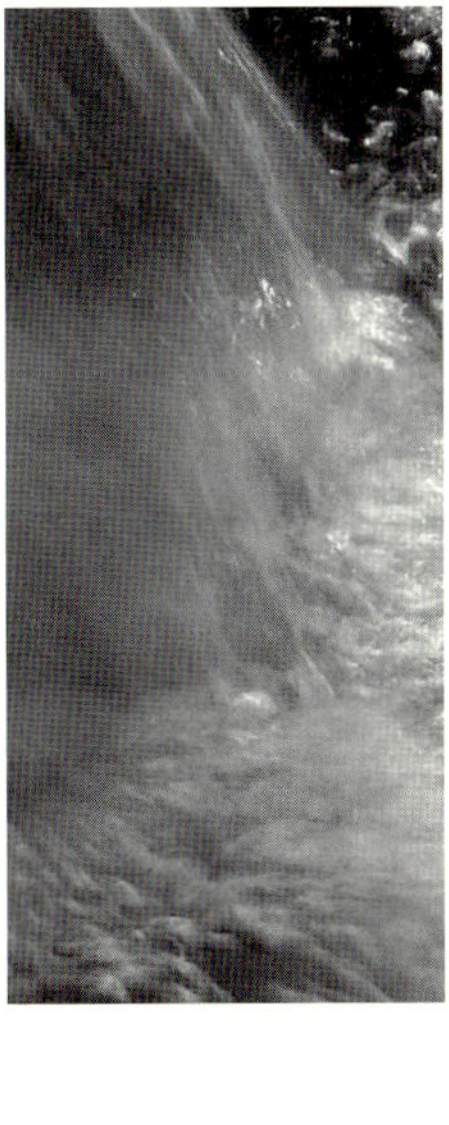

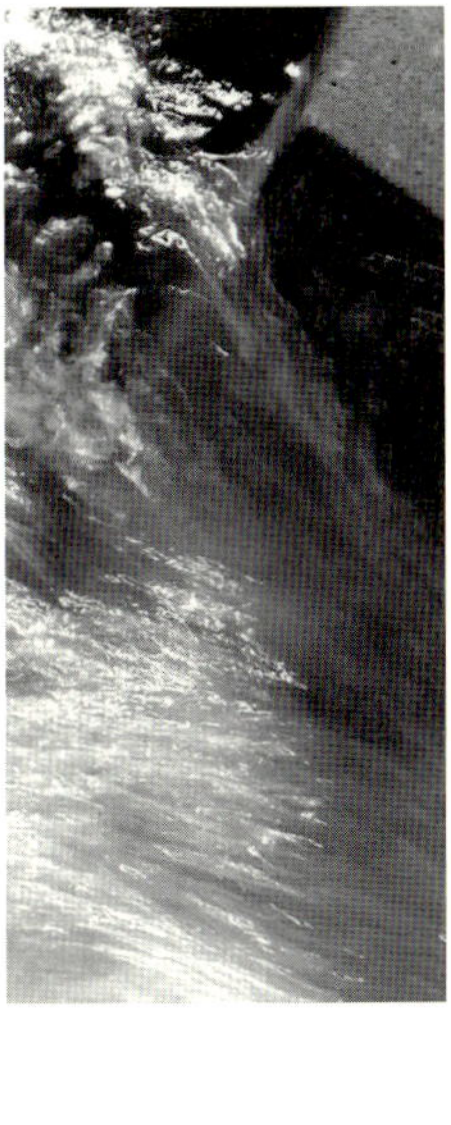

五七五七七、五七五七七……このリズムは、私たちの心の記憶と体の細胞にまで染み通っているのだろうか。日本という島国に住む人たちが言葉で思いをうたうようになって以来、五と七の語句の繰り返しが様々なうたの形を生んだ。その中の一つ、短歌と呼ばれる形式は、今にいたるまで脈々と生き続けている。

聞くところでは、遺伝子の塩基の並びにも五と七のリズムは入り込んでいるとか。地球の生き物たちのＤＮＡは、5個から7個の塩基配列の単位が繰り返し連なっている、という。アデニン、グアニン、チミン、シトシン、GCCAAGC,CGGTTCG……。

……地球に満ちる生命が、人が言葉を持って歌い始めるその以前から、五と七のリズムを奏でている。その調べは、普段は耳に聞こえなくとも、波動となって私たちをつつんでいる――なにか、そんな心もちがしてくる。
日本人は、今も、五七五七七の調べに多様な思いをのせて、魂の流れに浮かべる。調べの流れ込む先には、大きな海がある。海の中で想いは想いと出会いぶつかり、いつしか交じり合い、濾過されて、岸辺へと打ち寄せる。

そんな短歌が、私の内から湧いてくるようになったのは、ごく最近のことになる。それまで、短歌に特に親しんできたわけではない。子どもの頃に家族で楽しんだ百人一首、時おり読んだ万葉や古今、新古今集の有名な歌、近現代のこれもよく耳目に入ってくる短歌、触れてきたのはそのくらいのものだ。短歌を作ったのは、高校時代に宿題で書いた二首のみ、という少なさ。

オイリュトミーという、言葉と音楽を動きで表現する舞踏を職業としているので、短歌を舞台で動いたり、子どもたちとの授業で動いたことはある。読むだけでなく言葉を動いたこともある、というのは、多少独自な体験かもしれないが。

きっかけは、記録を残そうと思ったことだった。私の働き場である、シュタイナー学園（東京シュタイナーシューレ）という学校が、無認可の施設からＮＰＯ法人となり、そして学校法人化された。それと共に、学園は東京から神奈川の藤野町に移ることになった。多くの新しい出来事に満ちた、その地での最初の一年を書き記しておきたい。でも、仕事を抱えた毎日に、座って書く時間をまとめてとることが、なかなか出来ない。

それなら、短歌にして書きとめておこう、ふとそんな考えが浮かんだ。それまでのどんな体験が重なり合ってそんな思いに促されたものか。でも始めてみると、歌をつくる行為は、生活の中にしっくりと場を持った。

朝食の席で、あるいは仕事に向かう道すがら、そして電車の中で、言葉が連なって浮かんでくることがある。その拙さはさて置き、感情が五七五七七の中へ流れ込んでいくこと自体が、ただうれしかった。初心者ゆえのよろこびに導かれて、仕事と仕事の合間に言葉を歌にまとめることが新しい習慣になっていった。

折々に言葉を集め、反復するリズムの中に思いをとどめる。生まれた短歌は魂の海の中でうねり、高まり、そしてしずまっていく。あるものは海に溶け去り、ある歌は形を保って波打ち続ける。

寄せては返す「うたの海」の波打ち際で、たどたどしく足跡をつけて遊ぶようにして、
わたしは歌をつくり始めた。

北国への行路、機中にて

2 まなざしが降る

十六の月過ぎ行きてゆるゆると姉の逝きしをうつつと認む

亡き姉の用いし海の小袋にさらさらいのちの髄の籠もれる

亡き姉が皆に薦めし味なればあまさず汁《つゆ》に溢れ出させたし

黄金なる日輪の花開ききり父の笑顔の重なり浮かぶ

雛の日に百世《ももせ》祝いし祖母なりき幼女に帰りてやすらかに逝く

一とせのうちに三人《みたり》の去りゆきぬ離別は生の経糸《たていと》と識れ

強き陽の下なる墓に手を添えぬ死者のぬくもり声湧くごとく

花の頃居ぬ人しきりに偲ばるるひとひらひとひら痛み滲みて

桜の道を歩めど歩めどこの街を愛せし人はあらわれはせぬ

咲く花の間よりまなざし数多ふるかつて地上に生きし人らよ
四十にて山茶花こぼれるように果つ遠き姉妹の縁ありし人
おおらかにたゆたう川面に魂浮かべ海へと送る人となりたし

咲く花の間よりまなざし数多ふるかつて地上に生きし人らよ
Through the blossoms
like a shower of blessings,
keeping their eyes on me
the innumerable guardians
who once dwelled on earth with us.

Countless Galaxies

一歌一浄

日々の思いをとどめておこうと思ったきっかけを、直に短歌づくりに結びつけてくれた、一つの出会いがある。

その歌人の方と会ったのは、私が時々足を運ぶ古着屋さんだった。たまにその店を通りかかると、何を買うわけでもなく、陽気な店の女主人と会話して過ごすのが、私の習慣となっている。

その日も私たちが他愛もないおしゃべりに花を咲かせていると、店の戸口から一人の女性が、ふわり、と形容したくなるようなやわらかさで顔を出した。その方のお顔は近所で何度かお見受けしていたが、正面から会ったのは初めてだった。お店の主人から互いを紹介され、その日の夕方に短歌の朗読会をする、という言葉から歌人であることを知った。「ちょっとお待ちいただける?」そう言うと、その方はお店の階上に建っているお宅に帰り、ほどなく小型の白い本を手に戻って来られた。

その夜、持って帰った歌集を私は読み通した。読んでいる間、ずっと作者と、そして私たちを包む時空とも心を通わせているような気持ちを味わっていた。

歌人としての感覚あふれる言葉の選び、繊細な日常の光景が大きな宇宙とつながっていく歌い方に魅せられた。それだけならただ畏れ多く思われたであろうが、生まれ育った場所が共通していること、人生途上の人との別れの体験に通じるものがあるという共感の磁場にとらえられた。

その時から「短歌を教えてください」とお願いするまでに、それほどはかかっていない。こころよく引き受けてくださり、月に一度、私の中から出てくるものを受け止めて直し、感想を言ってくださる。実に上手なリードのおかげで、短歌というものを少しずつ学びとっている。

それまで、「わたくし」の体験や思いを書くことがあまり好きではなかった。個人の体験を一つの表現として表すための、自分に合う形が見つからなかった、と言った方がいいだろう。

ところが、短歌をつくると、感情はうたうそばから身を離れ、自分とは「別物」になっていく。それは、現実が、もはや事実だけではない一種の「作品」になるような、不思議な感覚であり、気持ちが解き放たれた。

私が人生途上で味わった大小さまざまな喜びも苦しみも、形こそ違え、他の多くの人たちが経てきたこととつながっている、とより深く実感できるようになった。他の人の心との水脈の通路が増えていくのが感じられた。

人々のあらゆる思いを受け入れてきた短歌の海の中では、どんな感情も行き場を見つけることができる。だからこそ、自分だけの範疇をたやすく越えることができるのだろう。

私は、もはやためらいなく、涌いてくるままに、学園の日々を越えて、近年に続けざまに味わったいくつかの死別と離別を歌い始めた。そして、やがてある一区切りに辿り着いたとき、私の中の痛みも、向こう岸の遠鳴りのように静まっていた。

「一歌一浄」という言葉を、短歌の添削の席で教わった。ひとつ歌を詠むごとに、身から思いが抜けて一つ浄化されていく……歌をつくるとは、そういうことでもあったのか、とまたひとつ、目がひらかれた。

煩悩を祓う除夜の鐘は年毎の大晦日に百八つ響くが、わたしの内では、いくつのきよめられるべき思いが、毎日、毎月生じて、かたちを結んでいくのだろうか。

3
扉の向こう

街角の秋に色づくセーターを夫の影に合わせてみたり

子を捨てし人の生にも実るべき実のあるならばみのれと祈る

子とわれを手離しし人ここを去り四年《よとせ》を経にしアルバムめくる

木々の上に高き空あり少年は父を許せる大人のように

宛て先に届かぬ葉書き手に持ちて教え子ら「先生」の行方尋ねる

こうなるとどこかでわかっていたように縁無くなりぬ　風とおる窓

独りなりよきこと一つ夫の身気遣うことの要らぬしあわせ

独りなりよきこと二つ軽々と我が前に続く道を歩める

わが胸に嵐の届かぬ場処ありて白き花芯のふっくらひらく

わが胸に嵐の届かぬ場処ありて白き花芯のふっくらひらく
In my heart
there is a place
which no storms can touch:
like a white flower heart
it is swelling to bloom out.

＊抜かないつるぎ

生の半ば過ぎしわが目に見据えたり写し出されし背の骨の列

五と十二・七の三節にまとまれる　みな美しき星をなす数

わが生きしあとを目にする人ありや骨の並びをなぞるがごとく

人はみなやわき刃物を剥き出して行く手切り合う雑踏の内

人波のところどころに発火あり都心の夜は煉獄のいろ

穀物と野菜とで足るを願いつつ鶏の心臓噛み締めており

立ち向かう構えも時に要るならば胸中に持て抜かぬつるぎを

小さき家庭を失くせし痛みに追われたりただ前にのみ進まんとして

胸の前に熱き砂漠のひろがりてまぼろし浮かぶ金の井戸あり

ケルトの神話のよみがえる宵ひともとの樹の下に立ちて空を見ており

三歳の記憶の裂け目に翁立ち白く笑ましし夢の枕辺

＊何処の星に

目覚むれば魂の棘とけており何処の星にわれ憩いしや

我もまたおおいなるものに許されき汝を断ずる高みには居ず

＊何処の星に On Which Star?
目覚むれば魂の棘とけており何処の星にわれ憩いしや
One morning I woke up
the thorn in my heart
dissolved and gone.
On which star
did my soul rest and was it soothed?

わかってやれ解かってやれとあたたかい声が窓を叩いてゆく朝

坂の町ひかりの滴のような葉がしずかに落ちるひとときを行く

手ぶくろをするりと脱ぎし素の肌にひとりの夜の風の涼しき

時にわれもきみに荒れ野に導かれ空《から》の心で対話してみん

＊無数の銀河

われも他人《ひと》も天よりおちて来たしずく
一粒ずつの波紋ひろげて

土笛は火の風の夢　鼓を鳴らし今宵は神代のときに還らん

＊無数の銀河　Countless Galaxies
われも人も天よりおちて来たしずく一粒ずつの波紋ひろげて
So are you,
so am I.
We are all from heaven
each a droplet of water,
come to create our own ripples.

夜の空に響き満ちたり星々は静寂の声交わしておりぬ

＊交信

穂高なる峰そそりたち頂は先なる天と信を交わしつ

夜の空に響き満ちたり星々は静寂の声交わしておりぬ
In the darkness of night
the stars are talking
in tranquil voices
which fill
the sky high above us.

夕照《せきしょう》に常念岳は融けゆきぬ億年を経て滲む慈愛よ

遥かなる時を隔てて向かい合う金と火の星盛んに燃ゆる

夕野辺にわれらはありて二つ星輝き競う新月のとき

自転する星の芯より波立ちて遥かな弦の調べ生まれる

古に生きしものらの骨の声わが脊椎に響く愛《いと》しさ

ここに立つますぐなる樹もわが背《せな》も地軸の音とともに鳴りたり

少年抄

～おひさまの笑顔で～

いのちが内に宿るを確かむ昼下がり彼方の蓮華ひらきてつぼむ

遥かなる時のうねりを越えて来し　かそけき波よ胎動き初む

湾岸を裂ける戦火の知らせありわが内に満つまろき臨月

いのちが内に宿るを確かむ昼下がり彼方の蓮華ひらきてつぼむ

The afternoon
when I first noticed
the new life inside,
far-away flowers
opened one after another.

出で来たりし子は白き布にくるまれて　あたらしき体のつぼみ解けゆく
難きみちを通り抜けたるみどりごとわれは安けくねむりに憩う

＊三ケ月

おはように応えたりし声二音《ふたおん》のほそくあえかに朝風のごと

＊一歳

足裏を空へ突きぬく喜悦ならんクリスマスの日に五歩をあゆめる

＊二歳

いずこより来しかと問えば子は深く息を吸いたり
「ほし、星のなか！」

ちょうちょ！とベビーカーより手を伸ばし
空のひとひらつかまんとする

＊幼稚園

八人の日の匂いする子どもらが集いておりぬなのはなの園

＊二歳 Two Years Old

いずこより来しかと問えば子は深く息を吸いたり「ほし、星のなか！」

'Where did you come from?'
Asked by his mother,
the two-year-old answered
with a deep breath,,
'Stars, Mom, from the Stars !'

何処でか共に逢わんと約せしや生まれる前のくににやあらん

＊入学式

先生はママよりもっときれいだとお日様の笑顔で少年は告ぐ

＊入学式 Entrance Ceremony
先生はママよりもっときれいだとお日様の笑顔で少年は告ぐ
'Mom!
Look at my teacher!
She's even more beautiful than you!'
my son said
with a smile as big as the sun.

＊十歳

小さき禁を犯す痛みよ手足伸び　子はいま十歳《とお》になりなんとする

殻破れ少年の体《たい》あらわれぬわらべの笑みはあたたかきまま

＊六年生

クラス替えなく育ちたる子らの輪よきみたちは村の劇団のよう

*中学入学

母のいる星雲拒み「ぼくはここ地球に生きる」と十四歳《じゅうよん》の秋

「何時間一緒にいたら気がすむの」なだむるがごとく少年は問う

*高校入学

「お陰かはわからないけどありがとう」
返信不要と添えられており

「やだ」「了解」一語のメールに思い出ず
幼かりし日の乳色の言葉を

この世ではもう父持たぬ子とわれに「父の日」の雨穏やかにふる

この世ではもう父持たぬ子とわれに「父の日」の雨穏やかにふる

Peacefully and quietly
the rain on Father's Day
falls on the boy and me.
Neither of us has
a father in this life.

紅茶の葉をあきらめるほどの貧でなし少年とわれの食を求むる

十五歳汝《なれ》には汝の悩みあり母には母の痛みのあるも

幾億年先の「未来のきみ」のために今の痛みを越えんとおもう

幾億年先の「未来のきみ」のために今の痛みを越えんとおもう

For you
in a future
of more than a hundred million years
I will endure
this pain.

著者紹介

秦　理絵（はた りえ）

1957年、東京生まれ。

早稲田大学第一文学部卒業。オイリュトミスト。

学校法人シュタイナー学園オイリュトミー教員・校長。

日本大学芸術学部非常勤講師。

著書に『シュタイナー教育とオイリュトミー』『成長を支えるシュタイナーの言葉』（共に学陽書房）など、訳書にオルファース『森のおひめさま』『ねっこぼっこ』（平凡社）、シュタイナー『魂のこよみ』（イザラ書房）などがある。

無数《むすう》の銀河《ぎんが》　Countless Galaxies

2007年11月11日　初版第一刷発行
著　者　秦 理絵
装　幀　佐々木雅之
発行者　澁澤カタリナ浩子
発行所　株式会社イザラ書房
〒369-0305　埼玉県上里町神保原569番地
Tel 0495-33-9216　Fax 0495-33-9226
http://www.izara.co.jp　mail@izara.co.jp
印刷所　株式会社シナノ
ISBN978-4-7565-0107-3　C0092

※本書の印刷にはすべて大豆インクを使用しています